この青き地球探査を企つる星もあらむか
宇宙のはてに　　　　　　　　　　丸茂伊一

さすがに二十一世紀。こういう短歌も出現したかと感慨深いものがある。この大宇宙に地球のような生物の住む星はたった一つしか存在しないとは考えられないから、「地球探査を企つる星」のことも考えたくなるのだ。作者は、信州で発行する歌誌「ヒムロ」の編集者。その近詠である。

（宮地伸一）

ヒムロ叢書第九篇

歌集

宇宙のはてに

丸茂伊一

現代短歌社

目次

平成十六年

平成十八年

平成十九年

平成二十年

宇宙のはてに

平成十四年

農また農

日本一のセルリーの産地つくらむと勢ひし日ありすでに遥けく

年の瀬のハウスにセルリーの種を播くまた来む年をたのむ思ひに

父に背き米と蚕と牛をやめセルリー作りにひと世かけ来ぬ

テロに続き狂牛病の余波うけてセルリーの値のつひに上がらず

狂牛病いでしより値の落ちしまま今年のセルリーの出荷終れり

ハウス加温機見めぐる夜半の高ぞらに光走りて消ゆる流星

尿《ゆばり》してふたたび寝《い》ねむセルリーの出荷休みの
朝にしあれば

冷害より高冷地の稲田守らむと水温むるこの
白樺湖

セルリーの出荷の箱に保護色となりてひそめ
りこの雨蛙

セルリーの格付けするは吾が仕事子らに任せ
しいまも現役

アメリカの多発テロにも連動するかセルリー
のこの続く安値は

ジャイアンツ負けし明日《あした》は張り出ぬと言ひつ
つセルリーを切りに行く婿

ダイオキシンを言へば霜置く朝《あした》焚く梢にも心
しセルリーを切る

今日吹くは台風並の春嵐ハウスのビニール破
れはためく

ペイオフ解禁関りなけれど狂牛病の余波うけ
ぬわがセルリー作りも

春一番の突風受けて捲れゆくわがセルリーの
ハウス次々

昼のまを敷藁の下にひそみゐし舞々いでてセ
ルリー囓る

仲秋の月の光に虹立てりセルリーに撒く水の
霧らひて

この夏の暑き日を寒冷紗に遮りてセルリーの
緑ややうやく保つ

盆正月も暮れもなくしてセルリーを作り励みて五十余年か

塩の道

うからうと盃交し合ひ発ちたるや塩運ぶ歩荷《ぼっか》も牛方衆も

心惹かれわが尋ねゆく塩の道父母も携へ越えし語りき

塩の道の名残とどめて千国《ちくに》古道の苔生す大き牛つなぎ石

運上金とり立てし名残とどめたり千国古道のこの番所あと

塩の道に添ふ田も畑も荒れ果てて茂る水べに葦切のこゑ

千国《ちくに》古道にひとつ残れる牛方宿牛馬のにほひ
いまだこもれり

有珠山噴火あと

カーブするこの林道を貫きて地割り走れり噴
火のあとに
国道あとの隆起はげしき断層に毀れしままの
信号機立つ

泥流のながれし跡のくろぐろと隆起はげしき
国道おほふ

へし折れし電柱いく本か無惨なり泥流おほふ
噴火のあとに

有珠山の噴火に成りし沼の中ボンネット見え
て車沈めり

人それぞれ

腰の曲りはじむるあれど七人の吾ら兄弟《きやうだい》欠くるものなし

折々に見る妻の夢逝きし日のままの若きに逢ふはたのしも

子は一人のみかと嘆きし日もありき今その娘をたのみ老いゆく

鰥われに何かよきことあらむかと今日締めゆくは赤きネクタイ

この妻に一世かけむとわが詠みしその妻逝けり逝きてかへらず

鰥われに「老老介護」などはなしいつかころりと逝くを良しとす

還暦をすぎしやもめの平均生存値三年《みとせ》と聞きてはや九年生く

シルバーシート勧めらるるにためらへり古希すぎて未だ吾は青年

敦煌にて握手交はししイスラムの彼の僧らいづくにか戦ひをらむ

特攻にて死すれば吾も自爆テロと呼ばれしならむ今に思へば

背の低きわれの踊るを思ひ浮かべ誘はるるダンス今日も断る

わが裏に住みし赤彦を同年と声はづませて祖
父は語りき

アッツ島にて玉砕せし叔父を忘るなし敬礼し
てわが庭に立ちしが最後

平石の脆くなりたる倉の屋根壁は戦時の迷彩
残す

タリバンとオウムと

控訴しては弁護士稼業を助けつつ命永らふか
オウムの首領は
尊師の弟子と名乗りてアサハラ奪還を企つる
とぞロシアのオウム信者ら
時たてば忘れ去られてゆくものかビンラディ
ンもまたオウムの首領も

ブルカ脱げばみな美しきをみならを何に虐げし彼のタリバンは

タリバンの彼の大鼠とり逃がし小鼠どもがいま増えに増ゆ

アフガンを何にかくまで虐ぐるタリバンに次ぎてまた地震《なゐ》までも

わが征きし日のごとタリバンの兵士らも死を怖れずと偽りをらむ

地球誕生

地球誕生より何億年かああ儚《はかな》われのひと世は
点に及ばず

しし座流星群見つつ思へりわが住めるこの星
もいつかは消ゆる日ありや

わが諏訪の七不思議のひとつの御神渡り地球
温暖化か今年見るなし

人間に生れしは幸せ生きしまま袋に投げ込まれゆく鶏《とり》みれば

硫黄匂ふ湯を掘り当てて温泉の竣工を待つわが村人ら

幾たびか行きても今なほ訪ねたし中国なかんづく彼の莫高窟

わが町の国宝の土偶は確かなり歴史捏造あまたありとも

平成十五年

越路逍遥

礪《と》波《なみ》平野の朝《あした》明けゆく青田原家居鎮もるこの散《さん》居《きよ》村《そん》

屋敷森《もり》まばらに立てる青田原礪波平野は麦秋のとき

天《あま》離る鄙の国守と家持の在り経し万葉故地めぐりゆく

望郷の越中国守家持が五年励みしこのあとどころ

茜雲水平線にたゆたひて越の外海暮れゆくところ

潮騒は拉致被害者らの叫びとも聞きて今日立つ禄剛崎に

万葉の故地めぐり来し奥能登の岩礁《いくり》より見ゆ
雪の立山

「山柿《さんし》の門に未だ逕《いた》らず」と眥《まなじり》を決して立て
り家持の像は

二上の山にきこゆる鳥が音《ね》に妻恋ほしみしか
国守家持

家持の歌さながらに根を延《は》へて勝興寺の山門
覆ふタブノキ

国庁跡の都万麻《つまま》あらはに根を延《は》へて幹に太りし気根纍々《るいるい》

白波が岩礁《いくり》に砕け散る浜を出挙《すいこ》に往き来したる家持

雪深き越の国庁に五年《いつとせ》を妻を恋ひつつ在りし家持

越の海すでに暮れゆき水平線に茜残れる雲のたゆたふ

菩提寺

菩提寺の除夜の鐘撞き雪の舞ふ寺庭に熱き甘酒すする

菩提寺の雪舞ふ庭に炊き立てし七草粥に集ふ檀徒ら

檀徒総代われもみ堂に列なりて初護摩供養の塗香《づかう》手に承く

般若心経唱へて護摩木焚き上ぐるみ堂に太鼓の音のとどろく

焚き上ぐる煙を塗香の匂ふ手に押し戴けり護摩壇の前

昨夜の雪膝に抱きて寺池に陰長く引く百体観音

七草粥すするは五十年振りなるか菩提寺の総代うけし縁《えにし》に

両角清一氏を悼む

健一氏に次ぎて忽ち君逝くは思ひみざりき思はざりにき

新アララギ全国歌会を楽しみて待ちゐしものを忽ちに亡し

先立ちしみ子を心に妻ぎみを看とり来て病み俄かに逝きぬ

朴訥の性も慕はれ乞はるれば心傾け励みくれにき

吟行に歌会にカメラ提げ持ちて君撮りくれぬその折々を

病癒え心尽しし君が歌待ちゐしものを今は亡きかも

北朝鮮と拉致と

拉致を認め謝罪をすれば済みたりと高を括るか金正日は

いま一度小泉総理身を挺し拉致被害者らを取り戻し来よ

国交なきを口実に何ぞ拉致被害者を顧みざるか政治家どもは

日本が射程距離のミサイルの基地持つと威すつもりか北朝鮮は

拉致被害者あまたあるとぞ二十余年を何に捨て置く米など贈りて

帰せとは何をぬかすか拉致被害者らの国は故郷は日本なるぞ

北鮮の美女らの声援ハタと止む日本の選手団の通過するとき

北鮮の美女軍団が大方映されてユニバーシアード観るなく終る

万景峰号に拉致家族らを乗せて来よ人道支援をなどと高括るなら

日本にミサイル向けて脅すのか拉致被害者らを人質にして

脱北者を助けられぬか屠殺場に送るに似たる送還やめて

ウダイにクサイの死を疑へば紛れなき二人の
死に顔テレビは映す

白旗を早うあげぬかサダム・フセイン自爆テ
ロなど煽ることなく

「タマチャン音頭」までも出づるか飢ゑ死ぬ
る国あり同じこの星の上

声かくる脱北者らに応《いら》へなく鉄扉《てっぴ》閉ざすか朝
鮮総連

今日もまた餓ゑゆく民の映れるに肥るは金正日ファミリーばかり

一億が火の玉と叫びし日に似たり北鮮の女アナウンサーの猛るを見れば

拉致問題無視して米《こめ》の見返りに日本の空にロケット放つ

拉致の謝罪は口先だけか被害者をいまだ還さぬ金正日は

鬼畜米英叫びしかの日の蘇る北鮮の猛るパフォーマンスに
タロとジロの如く生きゐて迎へ待て拉致被害者らよ諦むるなく

北原太郎氏を悼む

己が病知りて耐へ来し君の気魄つひに尽きしか僔《はかな》し哀し

新聞の記事に見止めて送りたる「がん新治療法」も間に合はざりき

癒えゆくを信じて北国の山深く病養ふと便りありしに

気迫もちて病制すと常に言ひし君を侍みて来たりしものを

伊那谷に侍むヒムロの選者三人《みたり》最も若き君の身罷る

黙禱を捧げて始めし今日の歌会をりをり浮かぶ君の面影

セルリーの村

深層地下水掘りてセルリーの村おこしに励みたりにき若かりし日に

圃場整備外れし田川の水清み夜毎舞ひ立つ源氏蛍が

セルリーの産地守るとひそかなる自負して作るこの新品種

いのちかけしセルリーの品種改良も若きらに任せて今は歌馬鹿

セルリーの苗を植うると聞きしのみ今日食ふはその腋芽のサラダ

農協の命運賭くる葬祭場今日も賑はふ午前また午後

この雨が雪とならぬを祈るなり冬たけなはの
集中豪雨に

セルリーの草分けは原田与三郎とわがむらの
大正末期の記録

魚肥食ひて撃たれし仲間を弔ふか烏の群れが
畑啼きめぐる

不審船の引揚げも拉致疑惑の解明も叶はぬか
腰くだけの日本外交

農業関連企業まで斯く堕ちたるか食肉表示の
偽装企みて

北方領土を食ひものにして私腹を肥やししか
恫喝し暴力なども振ひて

殺人犯の人権を言ひて刑軽きこの国に怒り歎
きつつ住む

亡き幼かへりみざるか十二歳につけしは何と
弁護士三人

「疑惑の総合商社」と銜きしは捕へられムネオは何とボーナス貰ふ

ひとつ済めば今度は牛肉の詰め替へかまだ性懲りのなき雪印

死刑執行に抗議する国会議員らのバカ顔がいまだ脳裡はなれず

首長に議員を減らすが市町村合併か国会議員をまづ減らすべし

犯罪者天国日本

わが町に白装束らの居据わるを追ひ払ふは何
と市長の役目

阪神の勝ちて溝《どぶ》川に飛び込みし馬鹿者何と三
千余り

強盗を恐れて閉ざすコンビニあり犯罪者天国
となれる日本か

詫ぶるなく物言はぬこの麻原め死刑よりなほ
重きは無きか

第六次訪中団（茅野市日中友好協会）ウルムチ、トルファン他

天山山脈越えゆく頃かわが火車の音は重々と
枕にひびく

霧晴れし時の間見ゆる天山にときめきて立つ
天池《てんち》の渚

カレーズに引き来し天山の雪融けを命の水と
販《ひさ》ぐカザフら

オアシスをめぐる台地に泥岩の遺構迫《せ》り立つ
交河故城あと

砂ぼこり上げつつ馬車にめぐりゆく高昌故城
の遺構のあひだ

火焔山のこの断崖に盗掘のあと露なりベゼク
リク千仏洞は

天山杉茂れる山を抜き出でて万年雪光るボグダの峰は

天山杉をりをり見えて濃き霧の移ろふ疾し天池の汀

火焔山の断層穿つ千仏洞に見下ろす谷を行く朱の水

出だされし抓飯《ズアファン》は手にて食らふとぞ吾は携へし箸にてつまむ

回転テーブル止まりし前は薄皮包子《パオピイパオズ》素早く取りて胡椒にて食ふ

金日成を詠みて糾弾する吾は或は狙はれてゐるかも知れぬ

三千年の時空を越えて鼻高きミイラに会へりウルムチに来て

ベゼクリク千仏洞のこの壁画剝ぎ取り泥を塗りしイスラム

突風の襲ふゴビさばくゆきゆきて転覆車に遇ふすでに幾台

女人結界ここにも見たりモスク蘇公塔はいまイスラムの祈りたけなは

草を追ひパオ移しつつ羊らを牧に放てりこのカザフ族

橋爪義輔氏を悼む

なさむ術尽きしと君の訃を伝ふ妻ぎみの声を
ののきて聞く

待ち待ちし朗報ならず壮絶なる君が今際を伝
ふるみ声

癒えてまた目見ゆるをただ直《ひた》待ちし願ひも空
し今日の君が訃

ああ遂にこの現世《うつしょ》に「ヒムロ」をたのむ君ま
た一人召され逝きたり
菅平の歌会の宿り更くるまで「ヒムロ」を語
り合ひたるものを
なす手立てつひに無かりし病とぞ君をし偲ぶ
残念無念

妻亡きあと

少年の日に試しみて止めしものタバコにパチンコ酒はほどほど

議員終れば妻と携へ旅ゆかむ願ひも空し世を分かちたり

妻に告知すすむる医師と争ひしは昨日のごとし十年を経ぬ

妻問《ど》ひ婚と言ふもあるよと励まし呉れし君も
俄かに独りとなりぬ

少年の日に兵なりしふた月を心に生ききぬこ
の半世紀

十年は早く過ぎたり妻亡きに馴れゆくことも
時に怖れて

市議終へて

市議終ふる日のためにとビデオ六百巻余買ひ溜めしが未だ見る暇《いとま》なし

おみくじは大方吉かと思ひしがわが引きたるは何と大凶

今がまあどん底なれば良しとせむ大凶を引きて開きなほれり

孫共の新居建つるには及ばぬか地価の下りし
父よりの土地

「煙草の害」のパンフもテレビも見る気なく
相も変らずこの孫共は

割付帳棚に積まれてヒムロ編集一年半か扶け
られつつ

兵なりし日のわづかなる二《ふた》月が吾の一世を統
べ来し思ひ

十六にて征きにし故か靖国に不戦を誓ふ総理
諾ふ

「甲信越アララギヒムロ発行所」かつてのま
まに表札掲ぐ

嫁なれば斯くは居れぬぞと言ふもあり成るほ
どそうかも知れぬ吾が日々

父在りて守り来し花の鉢幾十逝きていつしか
凍み枯らしたり

吾との世紀分かちて鬼籍に入りし妻いよいよ
遠くなりゆく思ひ

親しみて演歌聞きゐし父の逝き今なほ届くダ
イレクトメール

いづくまでサーズ増ゆるや訪《と》ひし彼の万里の
長城に人影を見ず

早く寝よと言はむばかりに鴨居の上より見下
ろしてゐる妻の写し絵

遠き日に鰍をとりしこの田川口漱ぎしもすでに幻

恋心兆すは生きゐる証とぞひそかに独りの己れはげます

鰥われに神の賜ひし遊《すさ》び事旅することも歌よむことも

功徳寺ほか

川中島の戦《いくさ》の途次に幾たびかこの功徳寺に寄りし信玄

大《だい》門《もん》越えに信玄拠りし枡形城あと圃場整備に押し均されぬ

幾たびか災火免れし信玄念持の薬師如来像立つ功徳寺ふかく

内裏塚古墳覆ひて茂り立つ椎とよもしてわたる海風

馬来田《うまくだ》の万葉故地の枯草野打ちて二月の霙降りしく

島の傾りを吹き上げやまぬ海霧に濡れて輝くレブンアツモリソウの群生

花すぎしレブンアツモリソウを見しのみに恋ひて年を経《へ》今日咲くにあふ

城址の夏草敷きて握り飯を食へば童《わつぱ》の日にかへりたり

五味保義先生

五味先生の便りは「歌を休むな」と怠るわれに短き一語

歌会のあと飲めば唄はれし五味先生それぞれに綽名をつけて呼びつつ

玉川奥沢町一ノ二三二いまだ諳んじて五味先生のみ声耳にのこれり

三つ編みの髪を垂らして亡き妻立てり五味先
生を囲む写真に

五味先生を囲みて撮りし十九人のこる八人の
大方は病む

平成十六年

高野山

諏訪公の墓を尋ねて登りゆく同行《どうぎやう》二人《ににん》高野めざして

その母の空海に逢はむ一念を心に対ふ女人高野に

この九度山《くどやま》に再起狙ひて潜みしか真田昌幸に
幸村親子

高野山の大杉蔭に諏訪公の巨き供養塔苔生し
ならぶ

高野聖《ひじり》ら諸国めぐりて弘法大師の教へ広めし
ことも知り得つ

吉野川遠流れきて紀ノ川か広き河原は菜の花
ざかり

女人結界の日もありしこの高野山今日逢ふは
大方女らの群れ

老杉のかげに供養塔立ちならび奥の院はさな
がら黄泉《よみ》のあやしさ

木地師の墓

惟喬《これたか》親王を業祖と仰ぎ励みしか菊の紋彫る木
地師らの墓

栃の木の茂《し》み立つ峡に移り来て木地師ら励み
しこの跡どころ

木地師らの伐り残したる栃の木かこの浦の沢
に古り立つ一《ひと》木

菊の紋彫りし墓石立ち並び峡に鎮もる木地師
らの墓

峡ふかき木地師らの墓に添ひ立ちて馬頭観音
の碑《いしぶみ》ひとつ

並び立つ墓標に菊の紋彫りて何処行きしや峡の木地師ら

「諏訪はひとつ」成らず

「諏訪はひとつ」の論尽くせぬかこの町の住民投票の判定は否《いな》

理想高く掲げ来し「諏訪はひとつ」なるねがひ潰えぬ空し果敢無し

垣山のめぐりて広き天つ下「諏訪はひとつ」
と待ちゐしものを

絶ゆるなき「諏訪はひとつ」のおんばしら守
りて来しも忘るるなゆめ

建御名方神《たけみなかた》もねがひ在《い》つらむ諏訪の民の心ひ
とつに弥栄《いや》ゆるを

潰えたる夢よもういち度小異を捨てて携へゆ
かむぞ「諏訪はひとつ」に

「諏訪はひとつ」のねがひ空しく果てゆくか
市長の心つひに届かず

フセイン倒る

彼のテロの元凶は何アッラーの神が令してゐ
るにあらずや
平伏《ひれ》してコーラン称《とな》ふる者どもにテロなどや
めよと戒《いまし》め給へ

イラク派遣の手のうちまでテロに明かすのか
戦争を知らぬ代議士どもは

イラク派遣のシナリオまで公開させるのかテ
ロに筒抜けとなるも知らずに

手のうちを明かして危きに赴くは古今東西の
戦法になし

芋虫のごとく穴よりつり出さる彼のフセイン
の面影もなく

御柱祭幕明け

神山にひびきて薙鎌打たれゆく御柱と決めし
樅の大樹《だいじゅ》に
御柱本見立ての儀

神山にそそり立つ樅の大木に祝詞捧げて斧打
たれゆく
御柱本見立の儀

わが里に引き当てし御柱は本宮一凍る斎庭に
どよめきあがる

祝詞捧げ樅の根方に斧を打つあがる木遣りに
声に合はせて

御柱の樅の大樹に斧を打つ音はしぶける山に
谺す

しぶき上げこの神山にとよもして御柱の樅の
大樹倒れぬ

倒されし樅の大樹に駆けのぼり歓声あぐる氏
子つぎつぎ

御柱の山出し祭り雨に雪にあひつつなほも燃ゆる諏訪人《びと》

戦勝祈願の幟を納めし日もありき諏訪明神のこの境内に

諏訪人《びと》の老いて生きゆく目標《じるし》か七年毎のこのおんばしら

御柱に女人禁制解かれたり彼の戦ひに敗れたるのち

男らの征きし彼の日の御柱中学生われらもかり立てられき

新アララギ全国歌会

子規に逢へるごとき思ひに今日はゆく松山奥道後の全国歌会に

伊予の町めぐれば聞こえくる思ひ子規のころまた漱石の声

七月の奥道後の空明るめて銀河走れり峡高だかと

まなしたの鳴門海峡の潮速み波騒だちて渦潮兆す

野島の崎遠見て渡る鳴門橋人麻呂の妹恋ふる歌を心に

今日見しは聞きしに増して無慚なり淡路地震のこの跡どころ

活断層の上に横たふふる里を心にめぐるこの
淡路島

第七次訪中団　日露戦役の跡を訪ふ

へし折れむばかりに機の翼いたぶりて台風の
乱気流の中を飛びゆく

水師営に立てば乃木将軍にステッセル少年の
日の記憶ありあり

水師営の「庭にひと本棗の木」枯るるを囲ひ
今に残せり

彼の戦に日露の軍がこの国を侵ししと翁の語
気荒々し

この二〇三高地めぐりて屍の累々たりしをゆ
くりなく聞く

この国の行く先々に極まれり国慶節祝ふイル
ミネーション

旅順港を見下ろす二〇三高地ここに戦ひて果てし幾万

攻め泥む日本軍を狙ひて撃ちたるかこの二〇三高地に砲を構へて

柵溝へ軍機守れる旅順港垣間見し中国の軍艦あまた

そのかみの旅順開城の様をしも偲びめぐりて立つ水師営

遠き日に祖父に聞きにし水師営のここに相見し彼の二将軍

屋根に干すはなべて唐黍の山にして秋野はつづく大陸ふかく

赤彦の訪ひしも日露の戦役も心に二百三高地のうへ

二百三高地より旅順港を見下ろして広瀬中佐の歌くちずさむ

怒り

みづからの旅費疑惑を知事は棚上げし県議ら
の宴会費の支出を指弾す

県の名を変へむとパフォーマンス宛《さなが》らの戯言
をまた繰り返す知事

懸賞金かけられてもなほ捕はれずテロの指揮
とるかサダム・フセイン

ブッシュ批判高まるはテロどもの思ふ壺日本
までも攻撃せむと威嚇す

独裁者の末路はかくも哀れなりフセインを見
よ金正日よ

ああ遂に犯罪者天国の日本か凶悪犯罪記録ま
た更新す

猫なで声にて誘ひかけくる投資には全く関心
なしと断る

万景峰号にて運びし金に成りしとぞ日本の空
に向けしミサイル

道路族を笠にし徹底抗戦か往生ぎは悪きがこ
こにもひとり

セルリーの里わが菊沢

死ぬふりをしつつ夜を待つ夜盗虫セルリーの
芯に深くひそめり

蚊取香焚きつつ真夜に亡き妻とセルリー切りしもすでに遥けし

セルリーの茎を舐めたるマイマイめ踏みつぶしつつ格付け進む

屈まりてセルリー切るを揶揄するか「恰好恰好」と郭公が啼く

「ご祝儀相場」はまだ死語ならず北海道の黒西瓜一個二十五万円なり

郭公に次ぎて雀ら啼きいでてセルリーを切る
畑明けそめぬ

セルリーの出荷なき今朝は放たれし思ひに郭
公を聞く小床より

無農薬にてこのセルリーが作らるるや農を知
らぬが戯言を言ふ

セルリーに共に命をかけしかな妻は逝きにき
吾を残して

ゲンジボタルにヘイケボタルの共演かわが田
川いよよ水清み来て

菊沢と字名にあれど四百年わが里に菊を作り
し聞かず

この里に父祖ら住みつきて四百年そのかみの
ことは知る由もなし

平和ぼけ

平和ボケしたる日本か丸腰にてイラク復興に
行けと言ふあり

アッラーに祈り捧ぐるテロリスト兵の日のわ
れに似たる心か

日本の特攻隊を倣ひてか自爆テロいま世を震
撼す

偵察衛星の打ち上げまたも失敗す金正日は手
を打ち喜びをらむ

「テロ」なる語が死語となる日は来ぬものか
この日本にもテロ潜むとぞ

何処より武器弾薬を誂ふや徹底抗戦するアル
カイダ

防犯カメラに写りし万引の犯人を何に暈して
テレビは映す

環境の保護など叫ぶこの国に日本語守らむこゑ聞こえ来ず

国を挙げて喜ぶその日は来ぬものか拉致被害者らみな帰りきて

「お母さんに逢ひたかつた」のこの声を聞け金正日よ人の子ならば

オウムの首領を食ひものにして今になほ無罪言ひ張るか弁護士どもは

オウムの首領の無罪を言ひ張る戯《たは》け弁護士ら
国民の前に顔《かんばせ》さらせ

永田町にてしきりに使ふ「マニフェスト」日
本語にても良からむものを

「政権公約」と言ふ確かなる日本語を何故に
使はぬ代議士どもは

声荒らげ老残を世に曝したり元総理あはれ電
波に乗りて

メディアありて戦も様変りしたるかな捕虜虐待が裁かれてゐる

「赤信号皆で渡れば恐くない」を地でゆく警察の裏金作り

死刑にてもまだ軽すぎむに控訴などとかの男を嗾《そそのか》すか弁護士どもは

弁護士までもつひにかかりぬ巧妙なる手口となりし「オレオレ詐欺」に

彼の少年をかくも手厚く保護するか被害者を
いつしか忘れし如く

二十万余が鳥ウイルスに埋められぬ恰も人間
の生け贄のごと

独り居

金婚の祝うけゐる真夜の夢電話に醒めて現に
独り

妻恋ひ歌も作つて置けば良かつたと折々思ふ
妻逝きしより

亡き妻を襲ひし帯状疱疹が何に狙へるこの吾
までも

亡き妻も糸留めくれし千人針征きし証に残し
しひとつ

百戦連敗の「ハルウララ」にネバー・ギブ・
アップ教へられたり歌馬鹿われも

還暦を過ぐれば共に旅ゆかむ願ひも空し妻を
逝かしむ

志願して征きたる馬鹿もここにあり兵役逃る
るもありたる中に

後添へを貰へと言ふを断りき今は勧むる一人
だになし

わが沙汰のゆくまでは迎へをよこすなと黄泉
の国なる妻にメールす

七十は七七四十九歳と己れに言ひて今日もいでゆく

元気で行つて来たと三歳児帰り来ぬ保育園にて泣きしは言はず

歌怠りゐたりし時に逝きし妻わがかへりしは知る由もなし

十余年すぎて今なほためらへり妻の使ひしものを捨つるは

捨つるなく溜め置くはわが保存癖か市議の日
のものはいま可燃ゴミ

貞心尼ありて通ひし良寛を羨しむ時あり鰥心
に

換気扇廻して朝の飯を食ふ孫どもの灰皿を片
づけしのち

何処に勤め何なし居るや孫二人夜毎帰りて来
るをよしとす

幾たびかバケツを持ちて立たされし吾を肴に
飲むクラス会

歎き

テロリスト或いは潜みてゐるらむか不法滞在
外国人二十五万の中に

蜜に寄る蟻のごときかオウムの首領につきて
離れぬ弁護士どもは

飢餓に飽食戦禍に平和ボケ同居して或いは滅
びに向かふ地球か

台風など押へる手だては無きものか水星探査
など後にまはして

カタカナ語増えたる果ては寺までもZAZE
Nと看板立てて人寄す

県民と争ふ愚かさを知らぬのかまたも上告し
て知事得たり顔

ＩＷＣの聚訟の果て日本敗れたり鯨にまたも
軍配あがる

公害はここにも及ぶか新宿駅に指の奇型の土
鳩むらがる

鬼無里

大群落の水芭蕉に村おこしを託したり峡ふか
きこの鬼無里のむらは

ぼたん寺の縁起に知れり祝融の災禍に遇ひし
古刹のことも

日朝上人ご開創なる霊跡と眼病ご守護の日朝
水買ふ

遠き日に心寄せゐし宗良親王を匿ひし寺かこ
の弘《ぐ》妙寺は

上山を訪ふ

やうやくに願ひ叶へり謹みて茂吉の墓に香を
捧げぬ
最上川のほとりい行きて顕ちくるはかんかん
帽姿の大人の幻

「ヒムロ」編集

「ヒムロ」開けば編集子われを睨みゐる誤植の文字が目を見開きて

晩酌は眠気をさそふ魔の薬編集人のわれにはご法度

ロボットが校正する日は来ぬものか編集人われのたつての願ひ

諏訪を出で諏訪にかへりし吾が「ヒムロ」目《ま》守《も》り下され汀川先生

入稿の終れば心放たれて独り酒くむ妻なき部屋に

病めるあり老いたるあれば送稿規程を載するのみにて咎むるをせず

電話にて誤字を確かめ校正す就中人名などは殊更

神ならぬ者の所業とは言ひをれど心離れず誤植のことは

元特攻兵

自爆テロの倣ひしはわが特攻隊か吾もあくがれき十六にして

お国のため一《ひと》度《たび》捨てしこの命永らへて長寿に挑まむとする

特攻隊志したる日のありき兵役逃るるがあるなど知らず

豪雪に潰れしハウスの鉄骨を惜しみとり置き
いまもて余す

八十八回手のかかるが故に米と書くと言ふを知
らぬか米泥棒め

「人生は終りよければすべて良し」老いて希
望の湧きくる言葉

手も口も出さず目守るを良しとせり妻逝きて
農を譲りしあとは

四世代住めばいつしか玄関の履物揃ふるはこの爺《ぢぢ》の役

平成十七年

青龍山　長円寺

菩提寺の四季をりをりを彩れり蓮に菩提樹カエデつぎつぎ

寺庭にセンダンバノボダイジュ古り立ちて龍頭に似し花はたけなは

菩提寺をめぐり立つ木々統ぶるごと三百年の
栃は天指す

菩提寺の大杉の蔭を明るめて一行寺楓の紅葉
たけなは

菩提寺のセンダンバノボダイジュ葉の落ちて
枝に結《ゆ》はるる神籤つぎつぎ

菩提寺の真言もここに承けたるや弘法在すこ
の青龍寺

寺池に陰長く引く百体観音膝に昨夜の雪抱き立つ

泥坊鴨と大白鳥

鳥の世にも掟あるらし泥棒鴨を捉へて羽に打つ大白鳥

奥様はいますかとセールスの電話ありいま留守中と亡き妻をいふ

「未納三兄弟」が今年の流行語大賞かと思ひしが何と仲間続々

集塵車来るまでと覆ひし網を破りほしいままにあさるこの烏ども

吾が小屋を狙ひし憎き放火魔の捕はるるなく年を越えたり

第八次訪中団　新疆方面

白々と塩噴く砂を見放けゆく砂嵐吹くタクラマカンを

タクラマカンの沙漠に猛る砂嵐転覆したる車つぎつぎ

遠き日にむさぼり読みし『西遊記』甦り火焔山の麓越えゆく

天山の雪消たのみて栄えたりこのトルファンの幾つオアシス

屋根の上に月を眺めて眠るなり雨なきトルファンのこの風物詩

高河故城は天然の要塞なりしとぞ遺構尋めゆく驢馬車を駈りて

大地の彫刻のごとき佇まひ天然の城塞の高河故城は今も

高河故城の栄枯盛衰の蘇る軋む驢馬車にめぐりて行けば

井戸端会議などもありしかと連想もまた楽し

高河故城の深井戸の前

高河故城よりの出土の役人俑悪代官のこの面がまへ

トルファンのこの美しきオアシスを潤して天山の雪消ゆたけし

天山の雪消の流れたる跡か砂漠を走る乾くい
くすぢ

農ひと世

圃場整備成りしが放置田の増えて来ぬ農の担
ひ手なき古里に
保温折衷苗代などと励みたる日も遥か米を買
ひて食ふいまは

父母ありて吾らはらからうち揃ひ田植ゑしたりき峡の棚田に

莫蓙を背に真夏の照る日遮りて田草とりにきこの峡の田に

土手草までも食ひし日のあり戦場の兵に送ると米を出だして

田植休み養蚕休み稲刈休み死語となりしか聞くこともなし

よごれたる尾に打たれつつ牛の乳夜毎搾りき
遥かなる日に

叶ふなき無農薬栽培を論《あげつら》ふ恰も農家が罪人《びと》の
ごと

だまされて嫁に来たと或る日妻は言ひき騙し
たつもりなどなきこの吾に

七十を越えし良寛の炎だつ恋をし聞けば揺ら
ぐときあり

痩せ狐

わが車に当たりし狐血を吐きてあはれ息絶ゆ
真夜の山路に

真夜われの車に当たりて息絶えし痩せ狐あは
れ眼はなれず

息絶えし狐を懇ろに葬れり魚の開きに野の花
添へて

セルリー畑

芽吹き来しセルリーのハウスの雪を掻く来向かふ年をたのむ思ひに

セルリーのハウスめぐりて加温機の点火確かむ凍る夜更けを

だしぬけに雷《らい》とどろきて降る雨に濡れつつセルリーのハウス閉めゆく

その名優しきヒメオドリコソウ増えに増えダ
ニまで宿して農を困らす

サマータイムに翻弄されし日の蘇る国会に提
案さるるを聞けば

消毒の霧ほのぼのと籠るなり月差すセルリー
のハウスの中に

セルリーの出荷となれば引退せしわれも出で
ゆく若きらのため

セルリーの出荷となれば朝に見て夕べ確かむる青物市況

セルリーに一世賭け来し勲賞が腰の痛みと思へば軽し

セルリーの消毒済むを待ちゐしか地虫鳴き出づ畑のをちこち

セルリーの格付けも脳の運動と今朝もいでゆく明くるを待ちて

セルリーの旨きところを知る鼠土に潜みて芯のみを食ふ

湯之奥金山

熊除けの鈴鳴らし喘ぎ登りゆく信玄の金掘りし峰をめざして

金掘りし跡は近きか山の神に祈り捧げてまたのぼりゆく

茨茂る道なき傾りを伝ひつつ信玄の金掘りし
坑道さがす

湯之奥の金山衆《かなやましゆう》ら信玄の命うけて金掘りしこ
の跡どころ

鉱山町構へし栄枯盛衰を偲びめぐれり高山《たかやま》か
けて

女郎屋敷までも構へてこの山に金を掘りたり
武田信玄

富士見野

御射山の穂屋に籠りて今になほ祭り伝ふる鄙の氏子ら

韮崎に中央線尽き富士見野に馬車乗りつぎて左千夫訪ねき

蕎麦の花あふれ咲きゐし富士見野に来り遊びき伊藤左千夫ら

病癒やすとこの柳屋にひと夏を命養ひき斎藤茂吉は

宇治の新茶献上の御茶壺道中に賑はひしとぞこの蔦木宿

「茶壺に追はれてとっぴんしゃん」なる日もありき興味津々の御茶壺道中

富士見野に今に残れる語り種《ぐさ》乙事むらの馬市のこと

宿場跡のこさむとして村こぞり屋号の札立つ
この蔦木宿

寂び寂びしこの桔梗屋に今日聞くは遠き日に
相逢ひしあまた先師ら

アララギの先師らの謦咳に触るる思ひこの桔
梗屋に相見しきけば

汀川に寿蔵の贈りし紙塑人形「みみづく大
夫」われの掌《て》に載る

危ふし地球

この円き地球に殺戮の絶ゆるなし人間どもが
醜をさらして
団塊の世代に揉まれ少子化に難破寸前のわが
日本丸
おい地球大丈夫かと声かけぬ地震に台風に津
波つづけば

帰り来て先づ手を洗ひ嗽をす鈍《のろ》などとノロウイルスを侮りをれず

曾孫《ひこ》がまた物色はじむ選歌つづくる吾のめぐりを手当り次第

漸くに耳の霜焼け治まりて一進一退春を迎へつ

大津波に乱気流までも加担して大地震つづくる地球あやふし

天皇の醜《しこ》の御楯と疑はず征きし日のあり十六
にして

国旗焼かれ踏まれてもなほ抗《あらが》はず何処《いづこ》ゆきし
や大和魂

死刑廃止論またも興るか被害者をかへりみざ
るは言語道断

世はまさに

「ＩＣカード」が「安心カード」となる日なきか悪とのシーソーゲーム続けば

「おれおれ詐欺」のコンクールにてもあるまいに新手いできぬまたも次々

王冠を捨てたる恋の物語よみがへるか世界の世論分かちて

神までも遂に騙しぬ二年詣でを狙ひて贋札を
使ひし奴ら

「親の背を子は見て育つ」かああ遂に小学生
まで贋札つくる

地震泥棒と言ふ語は辞書に見当らず火事場泥
棒といふは載れども

子を親を危むるは見よ流氷に閉ざされてなほ
子を庇ふ鯱を

国会の二院制まもる意義ありや宇宙を旅する
時代きたるに

地方議会の議員減らすにためらはず国会議員
の定数減らせ

馬を襲ふ虻にかも似てマイク翳し落下傘候補
を追ふマスコミら

日本領土にあらずと誰が決めたるや尖閣諸島
もまた竹島も

友好の願ひも空し日の丸を焼き捨て排日に猛
るを見れば

韓流が俄かに寒流に変りたり竹島の領土問題
を機に

個人情報の盗用目論み中国より留学するなど
言語道断

けものらにも似て人の世も縄張りのありて争
ひの絶ゆるときなし

愛国無罪掲げて日本を罵倒するか女子供まで
暴徒と化して

幾度詫ぶれば気の済む国か日本との友好を教
へよ彼の若きらに

また何か老いを狙へる魂胆か「お声が若いで
すね」と電話の向う

今のこと今忘るるが手柄話のごとくなりゆく
老いての集ひ

三人のアイちゃん頑張れ卓球にゴルフにはた
また未来の女帝

B型の血液型は凝り性とテレビは言へり吾を
指すごと

火遊びの仕置きとわれを脇挟み倉に入れにき
若き日の父は

孫どもが点け役われが消し役か夜半起きゆけ
ばまたも煌々

害虫も病気も増えぬ農家不在のままに決まりし農薬規制に

父母の手紙贈りて励ます北国の町の成人式を胸あつく見る

事故断つと文殊の知慧をしぼるべし「もんじゅ」運転再開を機に

一億円に振り廻されし国会かウヤムヤ与党に腰ぬけ野党

猫なで声がいつしか脅しに変りつつ投資すすむる電話の向う

媼らまでも「ヨン様熱中症」に罹るあり日本男児をかへりみるなく

馬籠宿

県境を改めし案内板立てり馬籠峠の茶店の前に

道標兼ねたる子規の句碑立てり美濃となりたる馬籠峠に

雨曝れて高札場に高く掲げあり中山道馬籠宿の掟さまざま

切畑の禁に怒りし百姓らこの木曽谷に一揆起こしき

千本格子開け放ちたる軒並めて漆器を販ぐ木曽宿場あと

享保元年中仙道が中山道となりし記せり馬籠
の宿に

新海神社

佐久の平拓きしと挙りて興《おぎ》波《は》岐命《ぎのみこと》祀れり神山
ふかく

諏訪の湖の御神渡りには天翔けて参りたりし
か新海大神

唐様和様巧める国宝三重の塔水煙は虚空に耀ふばかり

頼朝も信玄も道すがらこの宮に寄進し共に武運祈りき

耳を当つれば諏訪湖の水音も聞こゆると御魂《みたま》代石《しろいし》なるも祀れり

高遠藩の石工らを懇ろに頼み来て積みしとぞ五稜郭のこの石垣を

黄泉に待つ妻

十余年待ちあぐねしか亡き妻が夢にいで来て
吾をいざなふ

ゆくまでは気長に待てとしたためて荼毘に付
しにき十余年過ぐ

黄泉なるはいかにか遠き国ならむ逝きて夢に
も出づるなき妻

束縛のなきは独りの特典と黄泉には聞こえぬほどに呟く

娶り呉れねば農を継がぬと父ははに迫りし日ありその妻もなし

病む妻の爪切りやりし歌ありて思ひはかへる十三年前

汗滲み今も保てる千人針少女の日の妻の結びしもあり

杉菜茶を今際の妻に呑ませにき杉菜生ふるを
見てよみがへる

堆肥のにほひ浸みたる妻と寝しことも亡き今
にして忘れ得ぬ一つ

「艱難辛苦を与へ給へ」は山中鹿之助わが祈
るは「ころりと逝かしめ給へ」

巨大組織の経済連と闘ひし日のあり農の自主
を掲げて

セルリーの規模拡大に挑みたる吾の犠牲とな
りしか妻は

農にては食へぬと知りてか孫二人共に勤めに
いだせり婿は

合羽着てセルリーを畑より運び出す背の痛き
まで雨に打たれて

「孫末代投資の勧めにのる勿れ」これが家訓
と受話器を置けり

認知症などと言ふには馴染めざり吾には呆け
と呼んで下され

わが里の誇れるひとつ墓標の大きさ定めて醜
き競り合ひのなし

母逝きし間質性肺炎はリウマチの薬の副作用
と今にして知る

呆くるなく父ははに祖父も永らへしDNAに
あやからむとす

妹なつ子逝く

声あげて去年《こぞ》この道を御柱曳きし妹忽ちに亡し

申歳のゆゑにか高処を憚らず年々の柿を捥ぎくれたるに

声かけし曾孫らに幽かうなづきて命尽きたりあはれ妹

命尽きし妹の最後の奉公と献体したり父に倣ひて
妻に次ぎ妹の命を奪ひたる癌を憎めり詮なけれども
はらから七人揃ひゐたるは今日までか命燃え尽き妹逝けば

悪絶えず

台風のリレーのごときこの一年太平洋遥かに
また次が待つ

「最高齢九十一歳の女スリ」何と敬老の日の
今日の記事

拉致家族みな帰せと何故に迫らぬか埒あかぬ
交渉は聞くもいらいら

「信州知事」の名刺配りしを質ししに知事の
曖昧模糊の答弁

ナウマン象が津軽海峡を群れ渡る連想はいつ
しか三万年前

「二人して迎ふる第二の人生」か独りのわれ
には用なきことば

民主主義を踏みにじる暴君となり果てぬ越境
合併を拒む県知事

反日デモに続くＪＲの脱線事故桜のときを酌む気おこらず

飛行機の墜落をしのぐ惨状をひねもす伝へてすでに幾日

反日に託ちて愛国心を煽れるに確と抗議せよ小泉総理

極刑以外に有る筈のなきオウムの首領をまだまもらむとする弁護士ら

人生の終りよければ良しとして幸く生きませ
曾我さん一家

リコール匿し次々ばれて吾が三菱ランサーも
何とその対象車

臓器泥棒の出ることとなきか前代未聞の胎児誘
拐に触発されて

特攻隊志しし日に似たるかな自爆テロ企つ彼
の少女らは

与野党が携へてこの国の危機を救へ半身不随
となりたる国を

対案を出すなく反対を繰り返す政権をとらむ
とする政党が

悪代官の現代版か次々に曝かれやまず国の不
正が

埒あかねば神よ天誅を加ふべし拉致の指令を
出しし輩に

薬害肝炎の責任を質《ただ》す元厚相己れは関はりな
き顔をして

地震予知叶はざりしか中国の惨状みれば人事
ならず

紛争さ中の中国に来し思ひなり聖火迎ふる長
野の町は

訪中　最澄帰朝一二〇〇年記年（長野県日中友好協会）

台風の余波の雲抜け開けたる青き空より日光《ひかり》燦々

台風に崩れたる跡あらはなり天台山深く入り来し谷は

最澄の学びし寺と尋ね来ぬ天台山深きこの国清寺

最澄帰朝偲ぶ勤行に加はれり天台山深き明時《あかとき》
闇を

赤き蠟涙垂りつつ灯火揺らぐなり明けの勤行
今し酣

命かけ海渡り来て天台山深く学びき伝教大師
は

甲高き音声《おんじやう》に混りて日本語きこゆこの中国の
いづく行きても

西湖《せいこ》より湧きくる霧か暁のビルに見下ろす街の灯おぼろ

秋暑き西湖めぐれば素枯れたる荷葉は靡く砌の淀に

青淀む西湖越え来て摩崖仏の在す西山《せいざん》の岩壁めざす

金色《こんじき》の五百羅漢ら並び立ち吾を見下ろす広き堂宇に

峡深き段々畠までも耕して稔りを待てりこの
国びとら

平成十八年

悼む　北澤敏郎先生

文明大人の齢を越えて生きませと乞ひ祈《の》みし
も嗚呼遂に叶はず
戦《いくさ》敗れて間もあらず比牟呂興さむと加はられ
にき汀川扶けて

桯柳《ていりう》と書きて「ぎよりう」と読ましむを聞く
間もあらず逝き給ひたり

辞世一首確と認め発ち給ふ父君にみ子らの待ちます国に

父君を心に励み給ひしか六十五年を欠詠もなく

読み上ぐる弔辞のまにまに聞こゆるは君作詩の東部中学校歌

栗澤観音の日向の丘に庵結び仙を宣らしき木草育てて

まだ黄泉に行きつくまいぞと九十三の誕生日祝ふ寄りてひそかに

アララギの終焉を嘆き合ひたりき君在りて夜の更くるを知らず

「お体は透析頭脳は明晰」と或る日わがたはむれたるを喜ばれにき

熊谷草母袋を掲げて華やげり君亡き庵の庭にこぞりて

米子夫人添ひ得て君の在り経しも吾らひそかに語り合ひにき

縄文の里

この諏訪のいづく行きても縄文の世に栄えたる跡は纍々

果てしなき時空を超えて今にあふ縄文の世のまほろばの跡

何思ひ仰ぎたりしや縄文人は日を月をまた煌めく星を

木の実食ひ獣を追ひて栄えしか興味津々縄文の世は

縄文王国などと謳はれ町興しを扶くるか遥かなる時空を超えて

縄文人ら曾て栄えし跡どころ諏訪の山家に住み古る吾か

地球人に名を付けられてゐるなどを知るなく今宵も星は皎々

不可侵条約破棄して満州に攻め込みしソ連を何故か責むるを聞かず

オウムにも使ふなかりし破防法適用は日本の滅ぶるときか

山歩き常なりし山村鉄夫氏を知ればいたまし
病み臥すみ歌

日本語の美しさは日本人のみぞ知る就中歌詠
みの使ふ文語は

アララギの百周年号は叶はざりき新アララギ
に百周年号の出づる日ありや

つれづれ

農のこと知らぬが易々と言ふ勿れ無農薬栽培
などと叶はぬことを

日蝕かと思へるほどに暗み来ぬ黄沙覆ふセル
リーのビニールハウスは

おのづから耐震偽装の暴かるる時あらむ一た
び地震起こらば

老老介護ゆゑに家より出られぬと言ふありひ
とりを羨しむごとく

いつ迎へに行けば良いかと夢に出づ十三回忌
も済みたる妻の

黄泉に待つ妻に迎へに来る隙を見せぬが長寿
の秘訣のひとつ

世田谷と言へば甦る諳ぜし玉川奥沢町一ノ二
三二番地

妻は或る日わたしより先に死なないでと言ひ
にき何を思ひたりしか

第九次訪中団（一）　四川省方面

標高四千の九寨溝空港寒しさむし秋最中を冬の装ひに立つ

わがバスの行く手遮るヤクを追ふチベット族の少女悠々

家々に色とりどりの幟めぐらしてラマ教まもるチベット族ら

ラマ教の寺ありチベット族の集落あり九寨溝
の秘境めざす道々

天葬あり塔葬に水葬に火葬ありチベット族ら
の葬儀いろいろ

チベット族ら魚は食はぬは水葬のある故なり
とゆくりなく聞く

国慶節祝ひて月餅《げっぺい》を届けあり宿とると入りし
ホテルの部屋に

晴るるなく今日も煙れる成都の町「蜀の犬日に向きて吠ゆる」さながら

信号待ちの車追ひ越しゆくがありこの国の交通マナーさまざま

マージャンに心奪はれゐるがあり成都の町の行く先々に

耕して天に至るか行き行きて休耕田などこの国に見ず

慈眼もて見下ろす弥勒ををろがめり岷江の上
に船足止めて

岩山にヤクの草食む果《はたて》には岷山山脈の雪嶺ひ
かれり

三千超ゆる池塘たづねてのぼりゆく黄龍溝の
坂谷ふかく

岷山山脈のひと谷占むる金色《こんじき》の伏龍さながら
の上をわが行く

おしなべて黄金色なす岩盤の段《きだ》なす上を水ほとばしる

億万年を経たる池塘の底ひより摩訶不思議なる輝き放つ

仙境を現にめぐりゆく吾か五彩放てる池塘つぎつぎ

悼む湯澤俊先生

冬の暁早き電話は湯澤先生の危篤を告ぐる作
英氏のこゑ

正月二十日雪の伊那街道をひた走る見《まみ》ゆるま
でみ命保ち給へと

九十六歳のみ命今し迫れるか臥し給ふさまは
まさにみ仏

見舞ひたる日より間なきに嗚呼つひに先生の
身罷りし知らせ届きぬ

再びを作英氏と伊那街道をくだりゆく君の葬
りに列ならむため

深交のありたる作英氏に頼みヒムロ代表の弔
辞捧ぐる

謙太郎さん三木夫さんまた羽場先生年末年始
を惜しまれ逝きぬ

茅野駅開業の日

明治三十八年十一月を忘れめや茅野駅開業よりすでに百年

石炭の煙に桑が煤ぶると鉄道布設を拒みしも聞く

臨時列車増発ありしも今に知る遠き日の粟沢観音まつり

養蚕に寒天業と栄えたり茅野駅開業成りし時より

跨線橋に立てば甦る戦の日の諏訪鉄山の専用鉄道

今になほ惜しみつつ聞く語り種まぼろしの佐久諏訪電気鉄道

越冬

雪のまにいかが過ごしていまさむや北国の就中うたの友らは

妻の亡きことも時には忘れゐき歌の縁《えにし》に扶けられつつ

度忘れも思ひ出さむとする時に脳が活性化すと励まさる

わがむらの過疎化止まるか整備成りし住宅団地に人移り来て

野葡萄酒にて嗽重ねて冬越えぬインフルエンザに罹ることなく

土石流発生　岡谷市

奥山が豪雨に崩れてこの町を襲ふなど思ひみしものありや

峡を抉り木々へし折りて来しものか土石流の
襲ひたるあと嗚呼無惨

土石流はこのＪＲの線路越え渦巻く天竜に落
ちゆきしとぞ

土石流襲ひし跡に立ち尽す岩と根扱ぎの木々
は累々

土石流は諏訪湖まで遂に及びたり人もろ共に
むらを潰して

人を埋め家を車を潰したる土石流跡見るも傷まし

農の宿命

屈むなき農の仕事は無きものか老いて大方足腰を病む

無農薬訴うる市場が虫あとの残る野菜を買ひ叩くは何故

セルリーの出荷となれば狩り出さる昔とりたる杵柄などと

夏の夜の明くるは午前三時半セルリー作りて知りたるひとつ

若きらに頼らるるはまた良しとして出でゆくセルリーの出荷となれば

セルリーの多肥栽培が諏訪湖汚染の元凶などと知らざるが言ふ

セルリーを食ひ荒らす鼠を狙へるか草叢の土管にひそむ鼬ら

留守電に切り換へては昼を寝て休む早出の野菜産地の慣ひ

河川敷に茂りてよしきりを啼かせたる葦も豪雨に跡形のなし

零下十度くだるも雪のなきは良しハウスにセルリーの苗伸びくれば

神頼みいまだ残るか御神渡りの農へのお託言
聞く諏訪つ子われは

兵なりし吾に自負あり六十年食《しよく》への不満言ひ
しことなし

遠流《をんる》絵島

谷深きこの高遠に幽閉の絵島恋ひ来ぬ梅雨さ
むき日を

大奥の老中に由なく謀られし絵島か空ゆく鳥
がねかなし

天涯孤独の老婆となりて果てゆきし遠流絵島
か吾がこころ占む

預りし絵島めぐりて一日だに安からざりしか
高遠藩は

幽閉二十八年の絵島の在り経しを心にめぐる
高遠のまち

高遠の人らの心に生き継げり絵島さまと今に
恋ひ慕はれて

妻を待たせて

いい加減にて逝かねば「おめえさまはどちら
さま」と言ふかも知れぬ黄泉に待つ妻

二人在宅症候群などは贅の極み居候の独りゐ
るを忘れ給ふな

妻在らば共に涙し見しものを「王ジャパン」
また「荒川の金」

妹ら皆それぞれに腰病みて会ふたびに小さく
なりし思ひす

ストレスも金も溜らず凡々と生きゆく吾か短
歌恃みて

後添へを勧められしも断りて過ぎゆき早し十
三回忌

「おめえ様どちらさまかえ」永らへて子らに斯く言ふ日をば恐るる

今際まで惚くるなかりし祖父に父母われにつなげよその遺伝子を

「葬式はわたしが出してあげるから」と言ひしのみまた忌のめぐり来ぬ

待ちあぐねゐるにやあらむ黄泉の妻をかへりみるなく永らへむとす

み祖より今に伝はる鬼遣らひ今年は曾孫がはにかみて撒く

つれづれ

わが定め神のみぞ知るヒムロの責《せめ》を負ふなど思ひみしはなかりき

導かれ扶けられつつ守りゆく汀川大人の言《こと》挙げしたる「ヒムロ」を

「ヒムロ」の責を負ふなど思ひみし筈なきに
現はうつつ励みゆくべし

百歳の山スキー狙ふに励まされ歌詠み継がむ
命の限り

長生きをし過ぎて醜を世に曝すことのありと
も神のまにまに

選歌最中久しぶりなる晩酌ぞ王ジャパン世界
一となりし今宵は

妻ぎみと携へ六十年を詠みつぎし謙太郎さん
つひに逝きたるか嗚呼

月々に名前変ふる君を「屢々更名」とヒムロ
に載せにき五味先生は

謙太郎流なる歌のくさぐさの蘇りきぬ写し絵
の前

ポストまではせめて運動と歩かむぞ籠るが多
き年末年始

古里の小泉山の頂に初日拝めりこの年もまた

怒り心頭

二度あるは三度と行きて拉致被害者らをみな
連れて来よ小泉総理

テロどもに恰も加担するごとし台風にハリケ
ーン地震などなど

拉致の指示したるを国際手配せよ実行犯の引き渡しを迫れる前に

凶悪犯をねたにし稼ぐ弁護士あり死刑廃止論などを掲げて

人殺しを極刑に処するは当り前死刑廃止など言語道断

幼児殺しの判決を十七年も延ばしめて宛ら犯罪者天国日本

精神鑑定迫りて判決を引きのばし国費狙ふ弁護士らも鑑定受けよ

この国に未決囚溢るる時あらむ犯罪者の判決延ばしのばして

衛星「大地」発つ世に

耐震偽装にライブドアショックに揺れゐるを尻目に発てり衛星「大地」

諷刺画に端を発せし暴動を早う鎮めよアラーの神よ

国旗掲ぐることを糾弾する国がありその名は日本世界にひとつ

靖国神社の総理参拝をいち速く誰《た》が伝ふるか地の果てまでも

日中の首脳ら組みて平和めざせ愛ちゃんと王《ワン》楠《ナン》のタッグのごとく

とどまらぬテロへの神の怒りなりや地震にて
死すとぞ彼のビンラディン

賞味期限切れたるからがおいしいと吾をから
かふこの嫗らは

わが死なば図書館にでも寄附せよと書き置か
むか買ひ溜めしビデオ六百巻余り

ライブドアショックにて幾つか覚えたり吾に
用なき株式用語

月旅行会社つくらむ勢ひも遂に潰えぬ彼のホ
リエモン

天下りは天孫降臨のみでよし悪企むは断乎断
つべし

月探査始まりてより幼らに餅搗く兎の話通ぜ
ず

少子化の進むと言ふに何たるぞパチンコに感《かま》
けて子を殺すとは

何を目論み最高裁に控訴するやオウム首領の
弁護士どもは

マナスルにまで登りてマナーを指弾さる日本
人ら何と芥まで捨てて

教はりし神武・綏靖・安寧などが史書より消
えしを惜しむ声無し

臓器の移植してまで幼を助くるにビルより投
ぐるあり怒り極まるばかり

年の瀬をはやばやと諏訪湖凍りたり恃みし暖冬の予報当たらず

農ひとすぢ

セルリーの畑まで電気に電話引き励み来しかなはや半世紀

米泥棒にセルリー泥棒また土泥棒農に関はれば怒り殊更

仏さまはいつ食べるのと曾孫問ふ少しも減らぬ供物眺めて

遠き日の語り種といつしかなり果てぬ刈田に落穂拾ひたりしが

プライバシー保護などと奇麗ごと言ひてをれず世はいよいよ防犯カメラの出番

百姓に車は要らぬと嗤はれつつ三輪車買ひしは五十年まへ

農家不在の農薬規制に生き延びてうまうまとセルリーを食ふ夜盗虫

保科一郎氏の蘭のハウスに鳴く蛙わがハウスにも移り来て鳴け

平成十九年

白鳥精一氏を悼む

歌詠みて至福の米寿迎へしと喜びゐしがつひにかへらず

高齢を託《かこ》つことなく月々のヒムロ発送を援け給ひき

「柊」と名付くる歌の会纏め慕はれ来しに俄かに逝きぬ

会ふたびに歌がいのちと語りゐき見舞ひたる日も「ヒムロ」ひろげて

妻ぎみのあと追ふごとく君逝けり歌詠む幸せ常いひゐしに

現役の農をも更につづけむと機械駆る歌詠みゐしものを

森山汀川先生

文明の声うけ「比牟呂」興されき遥かなる日の汀川先生

病みてなほ力尽され甲信越にこと挙げ「比牟呂」を興し給ひき

眼窩深く背《せな》丸め給ひし汀川先生に一度逢ひ得き泉野歌会に

うまうまととろろ汁呑みしと汀川を語りき敏《びん》郎《らう》居士在りし日に

いささかの濁酒に酔ひ「ずぼんぼ」を唄ひしなどもゆくりなく聞く

鉄道馬車にて根岸を尋ね子規の教へを乞ひしは汀川二十一歳

竹群のかげ差す屋根にあら草の繁るも寂し汀川生家

甲斐信濃の山押し迫る神代《じんだい》に君在りて「比牟呂」を興し給ひき

藤一少年この神代に何思ひ育ちしや釜無川の滾ち聞きつつ

母手作りの絣の着物に草鞋履き根岸目指しき子規を尋ねて

眼窩深く腰屈め正座し給ひき今もありあり汀川先生

古里に心のこして逝かれしか釜無の谷を熱く詠まれて

お諏訪さま

諏訪侯の哀史とどむる城あとを目指しゆく蟬しぐれ降る峡ふかく

二千騎に二万の武田勢この諏訪を夜討ち朝駆け遂におとしき

古も裏切りあり談合またありて戦敗れしあはれ諏訪侯

上原城落城のさまを幻にしばしもとほる松籟の下

城あとの松吹く風も鳥が音《ね》も諏訪公の歎きの声にしきこゆ

城あとに由布姫終焉の小坂観音遥か見ゆるも心沁むもの

矢崎俊幸氏を悼む

合評の評者依頼を託されて「ヒムロ」の刊行
を援け給ひき

一周忌済みしばかりの先生のあと追ふごとく
君逝きたまふ

子規と同じ病と自らを励まして歌はじめしを
或る日語りき

ほしいまま俊幸流の視野広き歌を自在に詠み
来しものを

飾らざる時に厳しき君がこゑ頷かれにき先生
までも

黄泉の国に歌会興さむことなども語りをらむ
か敏郎《びんらう》居士と

横谷峡

信玄の隠し湯なりしこの出で湯横谷の峡にいまも渾々

信濃攻略狙ひて幾度かこの棒道を走り抜けしや武田信玄

鼯鼠《むささび》が仏法僧が巣作るか戦国の哀史伝ふる杜に

由布姫・湖衣姫・諏訪御料人などと戦国の女人哀史を今に伝ふる

戦国の光通信か狼の糞を乾かし烽火上げしは

のちの世に風林火山と囃さるるを思ひしあり
や武田信玄

第九次訪中団（二）　九寨溝ほか

岷山山脈の雪嶺見放けて降り立てり標高四千
の空港のうへ　九寨溝空港

膝頭わななく谷の九十九折越えて入りゆく九
寨溝ふかく

酸素吸ひつつ深く入りゆく九寨溝五彩放てる
池塘つぎつぎ

藍深く凪ぐ長海に映ろへり万年雪被く岷山山
脈

世界遺産の九寨溝めぐり今日ひと日歩きある
きぬ二万歩近く

岷山山脈のこの峡深き仙境を踏破せしものの幾
人ありや

世界遺産の秘境伝へむと開きしか高山《たかやま》の上な
るこの空港は

木草素枯るる岩山にまでヤクを放ちて峡にう
なへりチベット族ら

幾度かバスにカートに乗り継ぎて仙境めざす
酸素吸ひつつ

峡ふかく入り来し歩荷を励まして声をかく言葉は通ぜざれども

九寨溝の飛瀑いくつか仰ぎゆく虹たつしぶきにいつしか濡れて

天地創造の日に遇ひ得たる思ひなり九寨溝ふかき秘境めぐりて

妻在らば共に携へ来しものを九寨溝めぐりて思ふたまゆら

ダムの無き世界最古の治水事業と今に誇れり
この都江堰《とこうえん》

郡主李氷が暴れ岷江を治めしと二千年経し今
に伝ふる

都江堰を見下ろし立てる二王廟赤城李氷を称
へ祀れり

成都平原が天府と今に栄ゆるは都江堰成りし
故と讃へつ

千秋の偉業と都江堰を伝へたり傍《かたへ》に牛枠あまた連ねて

都江堰成りて治水の叶ひしに思ひは及ぶ二千年まへ

回想

夢にいでぬは成仏したる証とぞいよいよ妻は遠くなりたり

成さむこと済むまで迎へは禁物ぞ妻よ互《かたみ》に寂しかれども

妻の命終早めしと思ひし抗癌剤改良されていま二百余種

かの部屋にて妻は逝きしと病院に来るたび見上ぐ十五年経しいまも

年甲斐もなしと或は嗤はれむスケート会にて背骨傷めて

妻在らばとふと思ひみる時のあり逝きて十五年経しいまになほ

いとふ歌詠むこともなく逝かしめし妻をあはれと思ふときあり

いつの間にか皺の増え来しこの吾を飽かず見下ろす写真の妻は

車椅子に乗る日のあらば誰が押さむ娘か孫かはたまた曾孫《ひこ》か

お日様はどこに寝るかと訝れりこの曾孫めが
空を見上げて

妻逝きてはや十五年この頃は娘似て来ぬ声は
殊更

昭和天皇の賜謁うけたる日も遥か携へし妻の
早く逝きたり

終戦記念日くれば甦る営庭にて玉音きき声を
あげて泣きしが

大臣のみならず迂闊のひと言が己れを危ふくすると自戒す

ピンピンピンころりと逝くは叶はぬか思ふことすべて成し終へしのち

妻と子を殺されし本村氏に抗《あらが》ふか弁護士どもが寄りて謀りて

もうなどと嘆くなくまだまだ百歳と励み下され良き歌詠みて

贈 本間いよ様

ひいぢぢにもうなつたかと問はるるに孫が子を産んだだけと答へぬ

正月も盆も返上し生き甲斐と励み来てストレスなど溜ることなし

帰せ拉致家族を

一億火の玉と猛りし日にも似たるかな核にて脅す北朝鮮は

国土荒らし民を餓死させ原爆をなほも守るか
拉致せしはてに

核にて脅し拉致は解決済みと言ふ何が地上の
楽園なりや

二〇一二年の大晦日が地球最後の日といふは
まことかその日近づく

逃げ得の外人犯罪者六百人を超ゆるか怒り極
まるばかり

赤ちゃんポストの実施に何をためらへる嬰児
救ふに待ち時間なし

産土の屋根の銅版まで剥ぐ輩早う引つ捕へて
天罰くだせ

叶ふなき規制つぎつぎに強ひられて農の滅ぶ
る予感ひしひし

いづく行きても帰化植物の殖えにふえ外人不
法滞在者の溢るるに似つ

いざなみ景気を凌ぐと言へど埒外か安値つづきしセルリー作りは

農業に生くる危ふさ思ふ日もあり経ていつしか八十近し

鼻たれ小僧

煤けたる階にのぼれば桑を欲る蚕の騒めき聞こゆる思ひす

跡とるは娘にてよかつたねと言ふがあり妻亡き歌馬鹿のわれに向かひて

国のためと捨てし命の還り来ていまそのいのちを惜しみつつ生く

この国に百歳超ゆるが二万余と聞けば吾など鼻たれ小僧か

電子辞書を電車に置きて帰り来ぬ銃を忘れし兵のごとくに

捏造とは知らず納豆騒動に捲き込まれたる一人かわれも
まだ死ぬるわけには行きませぬぞ山下敏郎氏新幹線鹿児島発の電車みるまでは

国会再考などなど

国会議員も定数減らすを考へよ一院制も視野に入れつつ

死刑囚を処刑するのは当り前反対する弁護士
どもの顔曝《かんばせ》せ

母と子をあやめし裁判にて知りたりき戯け弁
護士どもの斯く溢るるを

総理替れば乗り込みて拉致被害者らを連れて
来よ国を挙げ皆待ちゐるものを

モンゴルまで行きて朝青龍を追ひまはす彼の
馬虻のごときメディアら

メディアらに追ひまはさるる朝青龍天《あめ》が下に
はかくれ家もなし

松坂の一投は三十余万円か米ならば正に二十
俵余り

時効あるを良しとし英雄面をして凶悪犯の名
乗り出るあり

飢ゑし日の日本がいつしかペットまで肥満を
嘆く国となりたり

農多事多難

米にては食へぬと作りしセルリーも幾十年遂
に価格上がらず

九十余年を呆くるなく生きし祖父に父その遺
伝子を吾にあらしめ

煙草の害訴ふるテレビは聞かぬふり見ぬ振り
婿も孫の二人も

次々に家建ちならび田蛙の夜毎の声を聞くこともなし

台風の目は何方《いづかた》に向きゐるや南方洋上にさまよふ幾つ

ふる里を護る垣山かまたしても大型台風逸れて行きたり

熊蟬の大発生を羨しめり中国にては珍味とホームステイが

この線路辿りてひそかに還らむか敗れし日に
語りあひたるひとつ

日々の天気言ひ交し来し麓村獣害がいつしか
挨拶ことば

虫ひとつゐるのみにても市場より苦情くると
ぞ吾が集荷所に

出荷迫れば農薬使用は御法度なり許し下され
虫の潜むも

農薬の残留なきを出荷するは農業者われらの
至上命令
農薬を使はねば人の口に入るものの無くなる
ことは必定
摩訶不思議無農薬などと叶はざることを言ひ
つつ物売るあるは
農薬を使はずに作物を作るなど叶はばどうぞ
教へ下されto

土竜の穴を伝ひ来てセルリーの芯を食ふ鼠まで
が旨きところを知りて

犬専門のアイスクリームまで遂に出づ摂氏四
十度越ゆる暑さに

平成二十年

宇宙のはてに

この青き地球探査を企つる星もあらむか宇宙のはてに

手の甲に顔にいで来し黒き斑はよくぞ生きしと天よりのもの

逝くまでは夜昼となく見つづけむ鴨居の上のうつしゑの妻

生きてゐる証と今年も登り来て小泉山より初日をろがむ

「おめえさまどちらさま」などと言はれむか妻待つうちに早う逝かねば

香焼きて金魚を葬るさへあるに人を刻みて捨つるとは嗚呼

残りし料理は自己責任にて持ち帰れ戦中戦後
を思ひ出しつつ

山村さん如何に在すやリュック負ひ山歩きの
姿に逢ひし日のまま

新アララギ全国歌会決まる

宮地先生のみ声は「次は諏訪湖畔」受けて立
つべし地元こぞりて

台風の虞れ少なき七月を選びて全国歌会をまたも受けたり

諏訪湖畔の最も巨き「ホテル紅や」をまづは歌会の会場と決む

晴るる日は遥か南に甲斐駒も富士もきはだつホテルの窓に

赤彦に保義にアララギの先師らの所縁《ゆかり》の諏訪とおいでくだされ

日本列島北の果てより南より全国歌会に来ませ諏訪まで

諏訪みなの心尽して待ち待たむ全国歌会に集ふ人らを

齢《とし》忘れ

事あらば齢《よはひ》忘れてまだ燃えむ吾のひと世をつらぬきし性《さが》

夢のごと百年過ぎぬなどと詠む日はこぬもの
か世に存へて

「もみじマーク」を車に貼るもシルバーシー
トに坐るも吾には抵抗しきり

癌といふ憎き曲者め妹を父を奪ひて妻もうば
ひき

十五年独り寝のわれを憐むかベッドは片方を
かくもくぼめて

転びてもへこたれるなと浅田真央に教へられ
にき八十爺《ぢぢ》が

妻逝きて過ぎし十五年の早かりき更に加速せ
むわが残世は

老残を曝すなく世に逆らはず生くる手だても
わが思慮のうち

「父ちゃんはいつ死ぬの」とその日を待ちし
とぞ貧しかりし日の逸話のひとつ

厳しさを知るや知らずや勤めやめ農をば継ぐ
といふこの孫は

皺む肌寄せ合ひ共に百までもと誓ひしものを
遂に叶はず

めぐり立つ青垣山にふる里を住めば都と励ま
され来ぬ

癌といふ刃物かざさぬ曲物に妻とのこの世の
縁《えにし》絶たれぬ

年々に庭師の刈り込みゆくのみに妻亡くば見よといひくるもなし

残る世がまた剝ぎ取られてゆくのかと誕生日を祝ふ気など起らず

扇風機掛けつぱなしの夜のつづく高冷地にてはかつて無かりし

「後期高齢者」は広辞苑五版にすでに載り慎ましやかに解説記す

物忘れするのも頭の体操かひたすら思ひ出だ
さむとすれば

瑞穂の国かくも墜ちしか買ひ込みし農薬汚染
米を民に食はせぬ

人工消雨作戦功を奏せしかオリンピック開会
式の空に雲なし

ソフトボールの選手らに合はせて君が代を声
あげ歌ふ涙ながらに

地下鉄サリン

サリン撒かれし日のごときことまた有りや地
下鉄に乗るたびに思へり

破防法の発動さるることもなくまだ存ふかオ
ウムの首領は

殺戮がとどまる知らぬこの星も青く見ゆると
月よりの使者

少子化の進む日本を暗示するか渡来植物俄かに殖えて

絶ゆるなき無差別殺人を何と見る死刑廃止を狙ふ者ども

市中曳き廻し磔の刑あらばたぢろがむ如何にしたたかの凶悪犯も

「猫に小判」の現代版か黴ふきて出でし脱税の五十余億は

メルヘン街道

メルヘン街道今年もいよいよ開通す佐久と諏訪とを結ぶ峠路

黒曜石の露頭苔生す冷山の栂の原生林の茂る下蔭

江戸の世より諏訪と佐久との交易の峠路なりき麦草峠は

上州より諏訪に砥石を馬の背に運びたりとぞ
この峠路を

佐久の女子《をなご》は働き者と麦草峠を越えて娶りし
をほのぼのと聞く

佐久と諏訪とを結ぶトンネルを八ヶ岳に掘る
などの声もすでに幻

富士見歌会吟行

毀たれて汀川生家の名残にとのこしし井戸に空深く澄む

命かけし水争ひここにもありたるか「三《さん》分《ぶ》一《いち》湧水」のルーツ辿れば

鼬ごつこの愚を断ちし智恵をここに見つ「三分一湧水」の分水場に

かつて見しレタスの畑か宇宙に向けてパラボラアンテナの立つ草原は

野辺山の草野にパラボラアンテナを立て並べ
つひに捉へぬクエーサーまで

若しも霊波があらば捉へくれパラボラアンテ
ナ逝きて十五年沙汰なき妻の

黒部峡谷行

木々の秀をダム湖を遥か下に見てトロッコは
行く黒部の峡を

野猿らの逢瀬のためか峡深く橋を渡して猿橋
と呼ぶ

立山連峰の雪嶺仰ぎてのぼりゆくトロッコは
黒部の谷に沿ひつつ

越中と信濃を結びし戦国の忍びの道か黒部の
谷は

トンネルを出づればまたもトンネルかトロッ
コの耳をつんざく響き

義経も芭蕉も「四十八か瀬」を越えしと黒部の行き摺りに知る

「ヒムロ」六十四巻

先師らのあと承けて六十四巻に入りたる「ヒムロ」かりそめならず

時うつり人は過ぐれどわが「ヒムロ」いついつまでも栄えゆくべし

「ヒムロ」の編集うけ来てすでに八年目か早しはやし過ぎゆくもののなべてが

傘寿迫るに心ふるひて今年また小泉山より初日をろがむ

小泉山の峰に凍み立つ諸木々や初日一閃光芒のなか

目指す百歳

滅びゆく農の証か吾がむらも土地売るありて
家建ちならぶ

エコバッグ鞄にひそめ今日も出づわれも地球
に生くる一人と

万能細胞成らば百歳も叶はむか無理かと疾う
に諦めゐしが

かかる日の吾にもありや人探しの放送に一瞬
よぎるものあり

何思ひ覗きにくるやこの曾孫われはまだまだ
息してゐるぞ

トンネルに入りゆくを告ぐる長き汽笛昔語り
とすでになりたり

ふるさと

石炭の煙に桑が煤ぶるとみ祖らは鉄道の来る
を拒みき

み祖より三百五十年このむらを出づるなかりき農を守りて

四時起きのむらの夫役に唐松苗を背に運びにき敗戦ののち

密植し次々に間引くを良しとせし村山の唐松いま持て余す

妻逝きて覚えし独りの特権ぞ炬燵に転た寝のこの醍醐味は

生者必滅思へば何故か心急く為し終へむこと
まだまだありて

節分に鰯を焼き鬼の目を記す慣はしなど若き
ら知る由もなし

「食足りて礼節を知る」か今正に食足りて礼
節を忘れし日本

食糧自給率の復活を言へど農の生くる術無く
ば正に絵に書きし餅

農薬を使ふを罪人のごとく言ふ農の現を知らざる者が

戦の日は土手草までも食ひたりきいま茫々と伸び立つ草を

小出春善氏を悼む

ああつひに癒ゆるなかりき妻ぎみにみ子ら相寄り看取りしものを

善光寺近き祭場「想樹の杜」を今し発たれぬ
繹善念霊位

耐へたへて歌会に見《まみ》えし日もありきその面影
のつひにはかなし

アララギ分裂ののちの「ヒムロ」を熱くあつ
く語り合はれき逢ふたび毎に

君在りてアーク熔接に励むさま連想し読む歌
集『電弧』を

『電弧』につづく第三歌集の出版も思ひゐたらむにつひに叶はず

夫婦異なもの

幾十年名を呼び合ひしこともなく心通ひき夫婦異なもの

バス停を変へて乗りたる若き日のひそかなる逢ひの今蘇る

孫二人曾孫二人みな男なりマゴマゴヒイヒイ
騒やか吾が家

探し物持てば手のものを置きて去る楽しから
ずや老ゆるといふも

娶りし日に思ひ及べば十一人が箱膳ならべて
囲炉裏かこみき

戦中の汽車通学の蘇る女性専用車輛の出づる
をきけば

一学級四歳年の離れしが学び合ひにき戦の日には
彼の地震に如何なりしや訪ひし日の秘境さながらの九寨溝は
九寨溝にて会ひしチベット族ら如何なりしや
震災に思ひ出づるつぎつぎ
世界遺産の都江堰を訪ひしは二年前震災きけば脳裏はなれず

月探査衛星

家裏に住みしと赤彦を語りにき同年生まれの
祖父が折々
敗残の兵にはあれど人生の廃残にはあらずと
己れ励ます
かぐや姫のロマンもいつしか消え果てぬ月探
査衛星いでし時より

何の顔ばせありてか先進国などと言ふ癌治療
三十年も遅るる日本

死んでもカメラを放さざりし彼のカメラマン
にキグチコヘイを思ひいだせり

死刑廃止絶対反対

死刑囚溜まりに溜まり百人を疾うに越ゆるか
無駄飯くれて

死刑執行ためらひて収容所の増設か被害者の
人権を忘れしごとく

赤彦も茂吉も文明をも知らざるか驚くばかり
今の若きら

忘れたる頃に漸く判決か弁護士らをしたたか
に稼がせしのち

妻と子を殺され九年を耐へ耐へし本村氏に遂
に軍配挙がる

母子殺しを弁護しまたも上告か九年も被害者
を苦しめしのち

死刑廃止企つる国会議員ら心して聞け本村氏
の命の叫びを

世の進むにつけぬこの国の国会か早う一院制
にして日本を救へ

八十は洟垂れ小僧と励まむぞまだまだ弱音を
吐くことの無く

自給率四十パーセントを割るといふ声は届かずこの荒れ田には

北澤敏郎先生追悼号入稿

追悼号を入稿して放たれし思ひなりストレスなどは更に無けれど

校正に選歌に編集を続けつつ妻なきあとの過ぎゆく早し

斯く眠り斯く食ひて八十路に近づきぬ楽天の
性をただに恃みて

転ばぬ先にと杖を旅にて購へり使ふつもりは
更になけれど

世を歎き或いは怒り歌詠みて果てゆく吾か齢
忘れて

かにかくに何時かは老いさらぼふ吾かピンピ
ンコロリと果つる願へど

悼む保科一郎氏

人の通夜共にしたるは二日まへ今日聞くは嗚呼君亡きしらせ

農民歌人保科一郎氏遂に果つ標高千に蘭を遺して

今際までヒムロを案じたまひしと心打たるる妻ぎみのこゑ

君が訃を聞きしはづみに涸れ果てぬ涙湛へし
筈の泉が

「アララギ」に「新アララギ」に「ヒムロ」
にと君が詠まれし歌はとこしへ

主《あるじ》亡きを知るなく今日も待ちをらむ蘭のハウ
スの冬の蛙ら

惚け御免

ぢいちやんは話が長くなつたねと恰も惚けを
暗示のことば

十一月二十二日はいい夫婦の日われには疾う
に関りのなし

笹子餅の売子の声をこの頃は聞くこともなし
「あずさ」に乗りて

「アッ地球が昇つてきた」と三十八万キロの
彼方の声のきこゆる思ひ

「靖国の花嫁」はいまだ死語ならず叔母は独りを貫きて老ゆ

千の風

十五年われを見守り来しものか長押の上の写真の妻は

千の風にあるいは絆されゐる妻かかまふなく香焚く正月詣で

忌の日には奥つ城までは帰り来よ千の風となりて空翔けゐても

敏郎先生に相次ぎ逝きし友らのさまを妻よ夢にも出で来て知らせ

黄泉よりは如何なる様に映ろふや宇宙より青く見ゆる地球が

御神渡り

地球温暖化もこの冬は関はり無き気配久々に
御神渡りが湖走る

農作を世相を御神渡りに占ひて年々の春耕に
入りしみ祖ら

凍み割れて氷せり上がるとどろきの折々ひび
く夜の湖かけて

神の恋路と諏訪人《びと》挙げて待ち待ちし御神渡り
成る湖に幾すぢ

神の逢瀬のこの御神渡りのお託宣世相上向き
農作は良

吾が諏訪の冬の風物詩の御神渡り見むと湖べ
に群がる人ら

第十次訪中団　雲南地方

この空を幾度越えしや中国との誼すすめむ篤き願ひに

山の峰平らめてここにも造りしか九寨溝に次ぐ麗江空港

シルクロードの宿場の名残とどめたり麗江古城の家並に水に

天空を翔くる白龍にも似たるかな万年雪耀ふ
玉龍雪山

水清き洱《じ》海《かい》と聞きて来しものを汀に浮けり油
に芥に

地殻変動起りたる日に遇ふ思ひ石林深くめぐ
りめぐりて

著者近影

あとがき

「代表者が歌集を一度も出してないのはヒムロの為にならない。早く出すように」と多くの方々からお声をかけられながらも、遅れおくれて漸く刊行の運びとなりました。

あまりにも遅れて仕舞いましたので、少しく言いわけを申し上げて置かねばならないかと思います。

私が短歌をはじめたのは、彼の太平洋戦争が終った昭和二十年、志願した特攻隊より復員した年の冬からであります。また、「アララギ」と「ヒムロ」に入会したのは昭和二十二年からですが、末尾の略歴に記しましたように、多忙を極めた世渡りをして来ましたため、平成九年に「ヒムロ」の選者を依頼されるまでは、作歌活動も怠り勝ちで、歌集を出そうなどとは思った事もなく居りました矢先に、地元の区史編纂を託されていた父が、その完結をみることなく他界し、そのあとを私が受けざるを得ないことになってしまいました。そのため、区史完結の目処の立たないうちに私が歌集を出すなどには些かためらう所があり、加えて平成十三年まではまだ茅野市議会議員の任期中で、更に先に受けた選者に加えて、平成十四年からは「ヒムロ」の代表として拙宅を発行所に、編集発行の責を負うこととなり益々忙しくなって、区史編纂もままなりませんでしたが、漸くにしてその運びとなった次第であります。

予てより、歌集を出す時には、新アララギにて御指導をいただいてきた宮地伸一先生に跋文をお願いしようと思っておりましたところ、昨年ついにお亡くなりになられ、その機を失って仕舞いましたが、去る平成二十年の新アララギ諏訪歌会の折に先生が「今年の新アララギの四月号に出ていたような歌は今までなかったから『楽府《がふ》』と言う雑誌に出して置いたよ」と言われ、後日書翰をつけてそのコピーをお送り下さった事を思い出し、あつかましいこととは思いましたが、これを巻頭に載せさせていただくことと致しました。またその作品から、歌集の名を『宇宙のはてに』と致しました。

早速、制作順に歌集を組むべく始めて見ましたところ、短歌の数も多く纏めるのに日時を要することから、「ヒムロ」の編集を委嘱された平成十四年より平成二十年までの「ヒムロ」及び「新アララギ」に発表した約九百首をひと先ず第一歌集とし、残余については他日にその機をゆずることと致しました。

また末尾には、自分史の一端としての略歴と、復員後仲間らと命がけでとり組んで来た農業、就中日本一のセルリーの産地作りの過程に於て、縁あって受賞した天皇杯その他の表彰や、歌集を作れずにいた代りに、「ヒムロ」に対する責の一端をも果たせればと思い、勧められるままに幾所かの出版社への投稿歌に対しての思わぬ受賞等もあり、ためらいながらもそれらも載せることと致しました。また「ヒムロ叢書第九篇」は北澤敏郎先生がすでに決めて下さってあったものでそれを採用することと致しました。

顧みれば、覚束ないながらも作歌生活六十五年をご指導賜りました多くの先師、先輩方、また歌友らに支えられ、励まされ、特に「ヒムロ」及び「アララギ」の会員であった妻みち子が、平成五年に早逝してよりは、更に多方面の方々のお力を得て今日に至って居り、改めて御礼を申し上げるところであります。

後れ馳せながら、ここに漸く刊行の運びとなりましたので、ご笑覧いただければ望外の幸せであります。

本歌集の刊行に当たりましては今年新たに発足されました現代短歌社に一切をお願いし、殊更今泉洋子様のお手を煩わしましたこと改めて御礼を申し上げ、歌集刊行のご挨拶といたします。

平成二十四年六月

丸茂伊一

○略歴（区内諸役を除く）

昭和四年四月一日　長野県生

昭和二〇年　岡谷中学一期卒業　旧制中（現岡谷南校）

〃　軍隊志願　加古川陸軍航空通部隊

〃　加古川教育隊（特幹）

〃　終戦復員後、執農

昭和二七年　玉川青年会長

昭和三七年　玉川洋菜組合長

〃　長野県清浄洋菜組合連合会会長

昭和三八年～四二年　諏訪洋菜農業協同組合（設立）組合長

昭和四三年～四四年　茅野市消防団玉川分団長

昭和五〇年～平一四年　日本農林漁業振興協議会（設立）副会長

（天皇杯、大臣賞等全国受賞者の会）

昭和五四年～六三年　長野県農林水産振興会設立会長
（県内、天皇杯ほか大臣賞等授賞者の会）
諏訪洋菜専門委員会長
昭和六一年～平成三年　諏訪大社大総代
昭和六二年～平成一一年　茅野市議会議員
平成一五年～一六年　長円寺檀徒総代
平成二〇年～二一年　茅野市日中友好協会理事長
平成二二年～二四年　茅野市日中友好協会会長
平成二〇年～二一年　長野県日中友好協会副理事長
他
○右の主たる受賞歴等
第九回農業祭天皇杯（園芸部門）、第十二回ＮＨＫ全国優秀農家の選定（現日本農業賞）、農林大臣賞、知事表彰、農協中央会長賞、他

○歌歴

昭和二〇年冬	復員後　短歌をはじめる
〃	「下萌」入会　廃刊
昭和二一年	「波里道」入会　〃
昭和二二年より	「アララギ」「ヒムロ」入会
平成一〇年より	「新アララギ」入会
平成二〇年より	日本歌人クラブ入会
平成九年より	「ヒムロ」選者
平成一四年～二二年	「ヒムロ」代表、編集発行人
平成一五年より	赤彦研究会入会
平成一九年より	信州市民新聞グループ文芸欄短歌選者
	（現在、月間十数ヶ所の短歌会に出席中）

○短歌受賞
日本文芸大賞　日本芸術年鑑社
現代日本文芸作家秀作賞　現代日本文芸作家秀作賞選考委員会
ベルシー現代アートトラベル特賞　久遠の栄光祭実行委員会
（ベルシー美術館永久収蔵）ベルシー美術館館長ジャン‐ポール・ファヴァン
美の芸術蒼竜金賞　美の黎明祭実行委員会
平成特別芸術大賞　日本芸術年鑑社
ハート・アート・コミュニケーション文芸大賞　ハート・アート・コミュニケーション審査委員会
ローマ芸術文化遺産大賞　ハート・アート・コミュニケーションローマ遺産局ウンベルト・ブロッコリ
ベルシー太陽芸術祭大賞　久遠の栄光実行委員会
日伊芸術交流祭特別感謝状　ローマ市文化遺産局ウンベルト・ブロッコリ

アートタペストリーフェスタ・イン・ハワイ展栄誉賞（作品永代収蔵）
ハワイ大学ウインドワード校学長ダグラス・ダイグストラ
〃　全短歌大学副学長ジョン・モートン
〃　カピオラユ校学長　レオン・リチャーズ
第14回エイズチャリティ美術展文芸大賞　財団法人エイズ予防財団・エイズストップ基金
第15回エイズチャリティ美術展文化金賞　財団法人エイズ予防財団・エイズストップ基金
JAPAN ART COLLECTION in Manich 出展　全ドイツ独日連合会会長ルプレクト・ヴォンドラン
ネオ・ジャポニズムinタヒチ大統領感謝状　マルセイ・タイ
ドナウ国際文学賞　ハート・アート・コミュニケーション審査委員会
日・ハンガリー芸術交流祭・特別感謝状　ブダペスト歴史博物館館長ボド・サ

ンダー
心に残る平成の詠み人大賞　心に残る平成の詠み人大賞選考委員会
珠玉のポロネーズ芸術英雄賞　久遠の栄光祭実行委員会

歌集 宇宙のはてに ヒムロ叢書第９篇

平成24年７月30日　発行

著　者　丸　茂　伊　一

〒391-0011 茅野市玉川6482

発行人　道　具　武　志

印　刷　㈱キャップス

発行所　現代短歌社

〒113-0033 東京都文京区本郷1-35-26
振替口座　00160-5-290969
電　　話　03（5804）7100

定価2500円（本体2381円＋税）
ISBN978-4-906846-10-8 C0092 ¥2381E